CB026037

Drácula
Luis Scafati

EDITORA
GLOBO

First published in Spain under the title
Drácula

Texto fixado conforme as regras do novo Acordo Ortográfico da Língua Portuguesa (Decreto Legislativo, nº 54 de 1995).

Revisão: Beatriz de Freitas Moreira

1ª edição, 2011

Dados Internacionais da Catalogação na Publicação (CIP)
(Câmara Brasileira do Livro, SP, Brasil)

Scafati, Luis
Drácula / texto e ilustrações Luis Scafati ; tradução André de Oliveira Lima. -- São Paulo : Globo, 2011.

Título original: Drácula

ISBN 978-85-250-4977-3

1. Ficção argentina 2. Vampiros I. Título.

11-07744 CDD - ar963

Índice para catálogo sistemático:
1. Ficção : Literatura argentina ar863

Direitos de edição em língua portuguesa para o Brasil
adquiridos por Editora Globo S.A.
Av. Jaguaré, 1485 – 05346-902 – São Paulo – SP
www.globolivros.com.br

Drácula

TEXTO e ILUSTRAÇÕES *Luis Scafati*

TRADUÇÃO ANDRÉ DE OLIVEIRA LIMA

A Bram Stoker. Ao conde S.

A meu filho Leonardo por sua sacrificada ajuda neste livro e a Marta Vicente, minha bela musa.

We are such stuff as dreams are made on; and our little life is rounded with a sleep.
William Shakespeare

omo o sangue que percorre as artérias, um vento noturno circula pelas ruas. Às vezes arrasta um papel com uma notícia velha, às vezes move as sombras.

Quando todos dormem, seus corpos ficam indefesos e inertes, amparados na escuridão. Estão longe, vivendo em sonhos absurdas histórias que esquecerão durante a manhã ao escovar os dentes. A noite os envolve em seu silêncio, enquanto são embalados pela suave vibração dos grilos, a distante música dos pântanos, o surdo adejo dos morcegos diante da lua.

Ultimamente lady L. tem um pesadelo que a faz gemer e se revirar em seu leito. Ao despertar, sozinha em um emaranhado de lençóis, se sente abatida. Passa o resto do dia lânguida e sonolenta esperando a noite.

Lady J. aguarda com ansiedade uma misteriosa visita, uma presença em forma de névoa escura que todas as noites penetra em sua alcova através do estreito orifício da fechadura. Ela fecha os olhos e se abandona ao caudaloso redemoinho que a submete.

À noite, madame S. foi brutalmente mordida.

Durante a manhã, farrapos de recordações que parecem saídos de um sonho iluminam sua memória. Mal sente o sangue morno que escorre por sua carne rosada. Exausta e confusa, começa a se vestir.

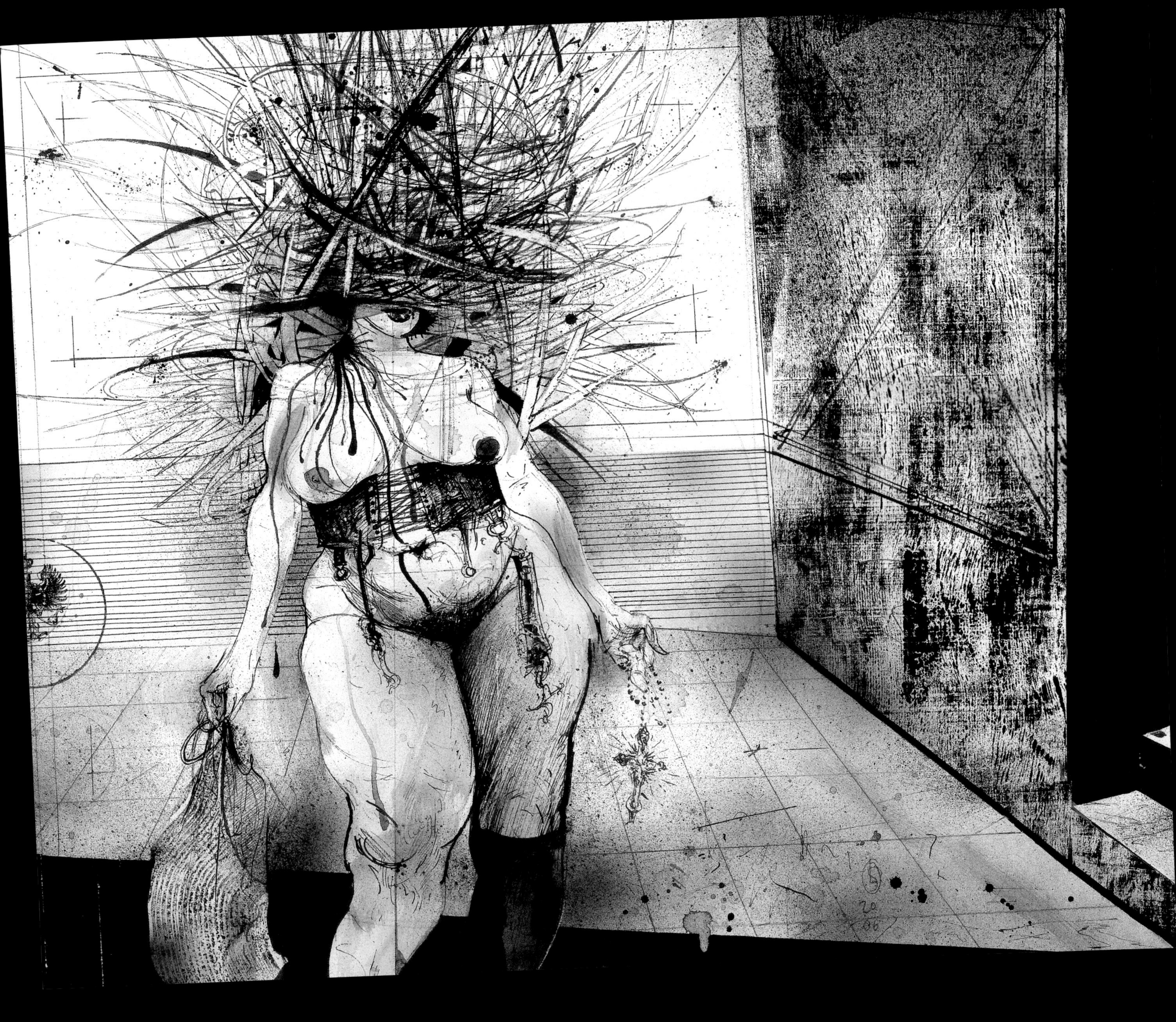

Na cidade, muitas são as damas respeitáveis que guardam um segredo inconfessável. Há várias semanas, permanecem desanimadas e taciturnas durante o dia, imersas em seus afazeres: bordando uma toalha, escrevendo seus diários íntimos ou preparando um ramalhete de flores.
Mas a noite desperta nelas um animal adormecido.

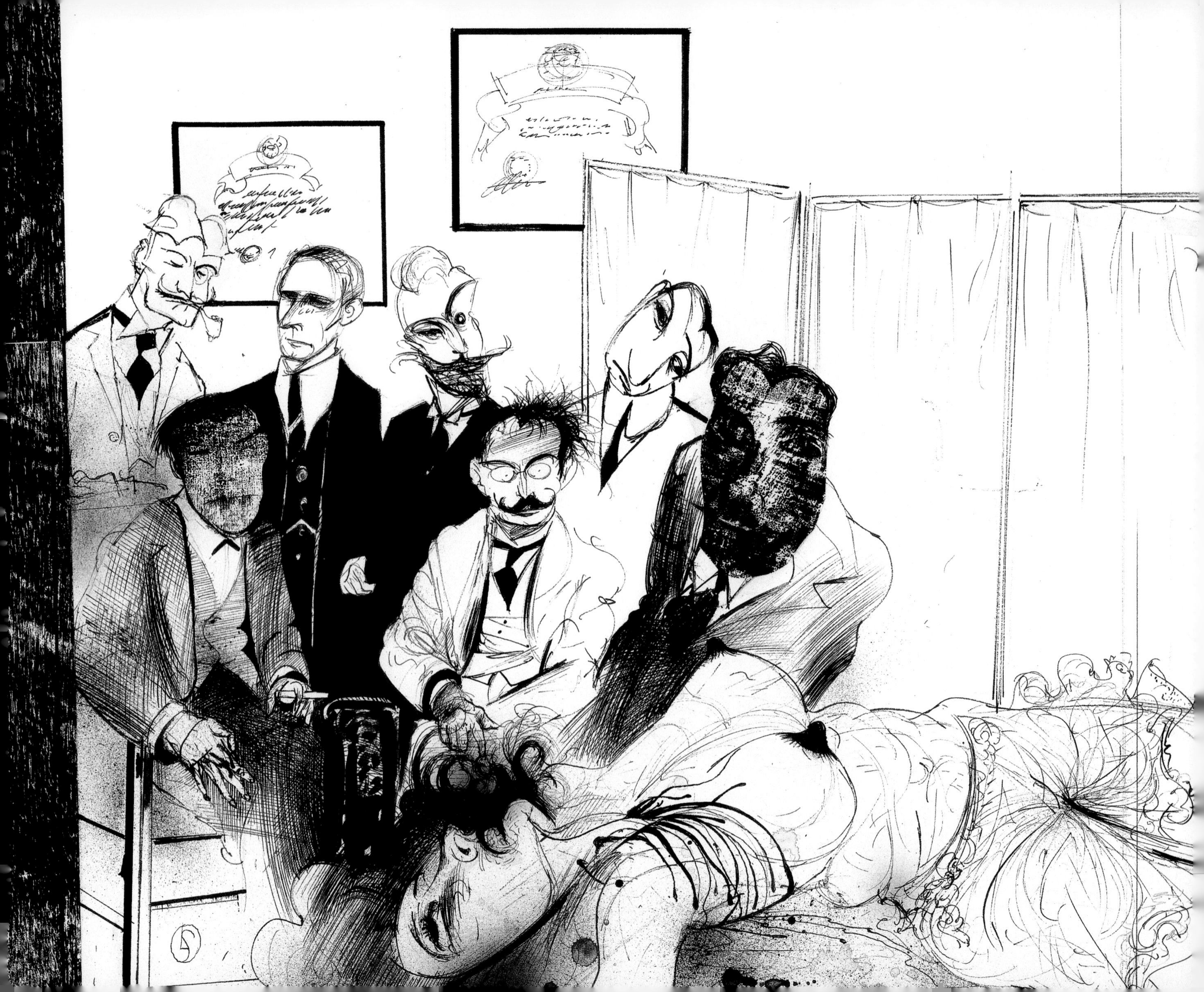

Alguns homens de ciência, encabeçados pelo professor Van Helsing, observam consternados o misterioso flagelo que se expande.
As vítimas são jovens donzelas.

"Típica casuística de histeria coletiva", escreve o doutor Charcot.
Outros, mais prosaicos, atribuem tudo à ingestão de certa exótica fruta importada de um país sul-americano.

Segundo relata Bram Stoker, jornalista e escritor que realizou uma pesquisa minuciosa dos fatos, tudo começou durante uma viagem de negócios...

O jovem Jonathan Harker, agente imobiliário, é enviado a um remoto lugar da Transilvânia, ao castelo de um conde que procura uma propriedade na abadia de Carfax.

À medida que o viajante se entranha em sua singular travessia, ocorrem vários imprevistos: uma anciã lhe diz algo em sua língua que ele não entende e lhe entrega um crucifixo; o cocheiro que deve levá-lo até o castelo tenta convencê-lo com obscuros argumentos de que desista de sua viagem; finalmente, quando a carruagem se põe a caminho, todos o olham e se persignam.

BISTRITZ
3 DE MAYO

Anoitece. O fantasmagórico coche avança pelo sinuoso caminho atravessando o ar gelado. Pela janela, Jonathan espreita a paisagem envolta em sombras.
Vê uma ave de rapina devorando uma ratazana e, segundos depois, o desesperado roedor perfurando o ventre do pássaro e escapando ensanguentado.

À medida que se aproxima do castelo, duvida se imagina ou se sonha o que vê.
É noite cerrada e a fortificação, que por momentos parece uma ruína, adota diferentes formas. De repente, como quem desperta violentamente, Jonathan sente o vento cortando seu rosto. Está de pé ante uma imensa porta coroada por um animal de pedra. Dá três golpes secos com o punho. Toc, toc, toc.

Um homem de idade incerta, cuja voz parece emergir de um túnel, abre a pesada porta.

"Eu sou Drácula, conde da Transilvânia. Entre, aí fora faz frio."

Pálido como a lua, sua respiração torna estrondoso o silêncio. Seus movimentos demonstram firmeza e lentidão; seus olhos, por momentos, brilham como os de um animal enjaulado.

O jovem Jonathan segue o conde através de galerias geladas e escuras, sobe sinistras escadas e, abrindo pesadas portas, atravessa salões vazios. Parece ouvir um gemido atrás de si, mas ao se virar só encontra trevas.

Um estreito corredor de pedra os conduz a um salão na penumbra, onde os espera uma mesa posta com baixela de prata e tênues taças de cristal.

Durante o jantar, Jonathan tenta se concentrar no sabor de cada bocado enquanto sente o inquietante olhar do conde Drácula, que o escruta, o examina, o disseca.

Depois de um longo silêncio, o conde começa a secretar recordações, pausadamente, como se lesse um livro antigo.

Evoca seus antepassados, o príncipe da Valáquia e as encarniçadas lutas contra boiardos e turcos; a crueldade e a violência da guerra.

O conde Drácula rememora tudo como se tivesse ocorrido no dia anterior.

“Empalavam seus inimigos; uma lança lhes atravessava o ânus e as entranhas até emergir pela boca; ficavam como estandartes no campo de batalha, dessangrando-se, para festim dos corvos.” Tais são os pormenores que o jovem Jonathan Harker escuta enquanto termina seu jantar.

Com o passar do tempo, o hóspede percebe que está sozinho no castelo.

Durante o dia, seu anfitrião desaparece; mostra-se unicamente durante a noite, quando, sigiloso, emerge das sombras.

Pode-se tocar o silêncio.

Às vezes Jonathan se imagina imerso em um pesadelo do qual não consegue despertar.

O tempo transcorre lentamente; e também lentamente vai crescendo dentro de Jonathan um enigma: "O que é esse ser?".

Em uma ocasião, descobre com perplexidade que Drácula atravessa os espelhos como se fossem portas capazes de conduzir a espaços habitados; no entanto, quando se aproxima deles só encontra o frio cristal que lhe devolve sua imagem.

Uma noite, enquanto analisam os documentos da transação, um pequeno camafeu se desprende acidentalmente do casaco de Jonathan.
É o retrato de sua amada Mina.

Gentilmente, o conde pede que o mostre para ele; contempla-o absorto e murmura emocionado: "Isto que chamamos realidade tem estranhas formas de se revelar. Faz séculos a amei; hoje ela regressa por meio do senhor".

"Sou imortal", diz o conde Drácula com voz sussurrante. "Minha memória cresce dia a dia como uma corcova, guardo séculos de recordações em mim. Vi crescer e morrer tudo o que amava, uma e mil vezes. Mudam os nomes, as formas, os costumes, as vestimentas e as armas, mas tudo se repete em uma eterna rotina. Minha vida é algo parecido a uma condenação."

Depois guarda silêncio e se detém para escutar o assustador uivo dos lobos. Extasiado, com o olhar perdido, levanta vagarosamente sua mão e os uivos crescem.

"É música", exclama.

Do diário de Jonathan Harker:

... ignoro que horas são, acabo de ter um sonho confuso e turbulento que se desvaneceu. O silêncio era total, por um momento mantive os olhos fechados percebendo estranhas manchas negras; ao abri-los, fiquei mudo, paralisado. Diante da minha cama, estava o conde Drácula, observando-me. O que ele fazia ali? Como conseguiu entrar? Eu mesmo havia fechado a porta com ferrolho e tranca, e não há janelas... Eu me pergunto se por acaso foi um novo pesadelo.

Durante o dia, uma curiosidade hipnótica anima Jonathan a explorar o velho castelo, seus intricados passadiços, suas lúgubres escadas e suas portas fechadas. Certa tarde, descobre um cômodo abandonado, talvez um antigo dormitório. Esgotado, senta-se para descansar. Adormece. Uma estranha prostração o envolve. Escuta risos e, ao entreabrir as pálpebras, vê três belas mulheres que, apesar de estarem iluminadas pela lua, não projetam sombras. Rodeiam-no com olhares lascivos. Uma delas aproxima sua língua voluptuosa do pescoço do jovem e o percorre com suaves mordidas, eriçando-lhe a pele. Jonathan Harker, singularmente dotado, deixa-se arrastar pela luxúria.

De repente, como um raio devastador, Drácula irrompe gritando ferozmente em um estranho dialeto. Aterrorizadas, as mulheres soltam sua presa.

Jonathan se sente atordoado; foi arrancado do sonho no meio da noite. Tudo se desfaz, se evapora, se dissolve.

O som das recordações o atormenta; está só no quarto escuro, como um fantasma.

Do diário de Jonathan Harker:

... faz já vários dias que não vejo o conde. Esse demônio desapareceu sem me avisar. Talvez o imortal tenha se curado de sua espantosa doença e morrido.

Deixou-me prisioneiro no castelo, sem água nem comida. Quero escapar deste abominável lugar. Perco-me em labirintos de escadas intermináveis e de portas trancadas, de corredores que não levam a nenhuma parte ou voltam ao lugar do qual partiram. Às vezes suspeito que o labirinto está em minha mente...

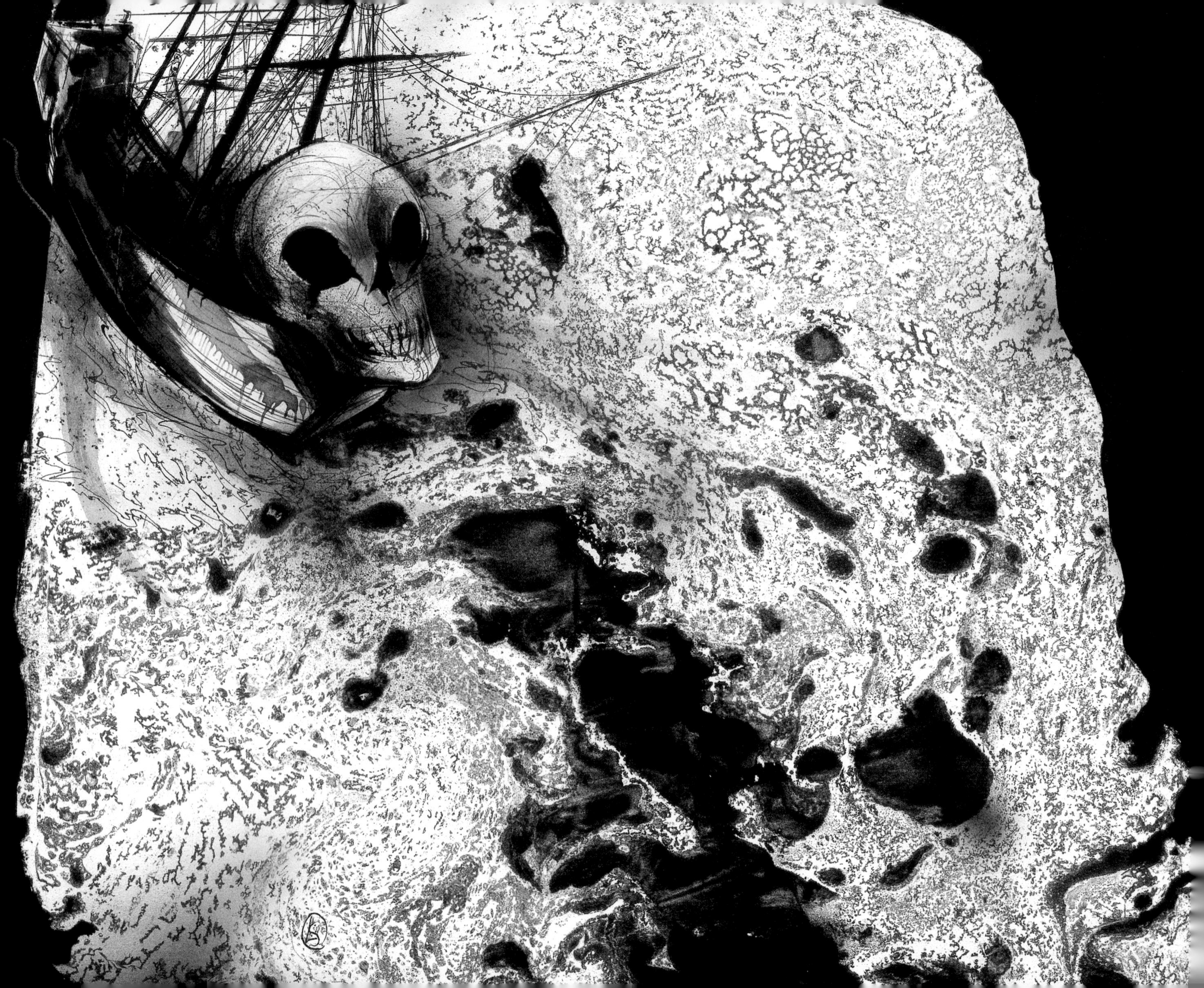

Depois de uma furiosa tempestade, no céu borrascoso da costa de Yorkshire aparece uma goleta com o velame destroçado. Como um mau presságio, aproxima-se do quebra-mar.

Alguns curiosos espiam a nave como se contemplassem o fundo de um abismo. Totalmente desprovida de tripulação, sobre o convés jaz o cadáver de um marinheiro amarrado ao timão; em sua boca se agita um cacho de vermes que o devoram.

Fragmento do *Daily Graph*:

Ontem, depois da tempestade, uma goleta chamada *Demeter* encalhou milagrosamente no porto. Levava um carregamento de pouca importância: cinquenta ataúdes cheios de terra. Os depoimentos são contraditórios. O senhor Herzog assegura que estavam infestados de ratazanas, outros falam de um imenso cão negro que fugiu e uma terceira versão se refere à aparição de um descomunal morcego.

Durante um melancólico passeio entre tumbas, mausoléus, velhas sepulturas, lápides com data borrada, cruzes de ferro e anjos de mármore, a jovem Mina Murray recorda seu noivo, Jonathan.

Desde que ele partiu em viagem de negócios há algumas semanas, não voltou a ter notícias suas. Nessa cidade invadida por viajantes, todos o esqueceram, só ela se lembra dele. Preocupada, se pergunta o que pode ter lhe acontecido.

Na noite passada, o viu em um sonho; cruzou com ele quando descia uma escada infinita. Mas ele não a reconheceu; era um desconhecido alucinado.

Enquanto a tarde cai, uma enigmática sombra espreita Mina, que, imersa em seus lúgubres pensamentos, não a percebe. É o conde Drácula. Chegou à cidade poucos dias antes, na sórdida goleta aparecida depois da tempestade. Ninguém o viu desembarcar.

A imprensa informa que uma desconhecida epidemia se abate sobre a população feminina. Os frágeis pescoços ficam tatuados com dois escuros pontos de sangue seco. As damas ocultam essas marcas com perícia enquanto aguardam exaustas um novo encontro com a misteriosa criatura.

Voluptuosas agonias precedem as mortes.

"Estão possuídas por Satã", declara um presbítero.

Também há quem fale de uma sinistra seita chinesa que recruta jovens donzelas ou de certos ritos secretos de uma confraria macabra que corrompe a moral e os bons costumes.

Nas vésperas de seu casamento, a querida amiga de Mina, a virtuosa lady Lucy, cai também nas redes do voraz vampiro, que desperta seus adormecidos desejos noturnos.

Ao amanhecer, antes que a luz dissolva as sombras, o monstro foge sigilosamente.

O rito se repete, emerge como um pesadelo: um morcego semi-humano golpeia levemente a janela e irrompe na alcova da desesperada jovem; os afiados caninos buscam a pálida pele e a penetram.

Noite após noite, Lucy entrega seu sangue ao bestial amante, perdendo-se em um ardente delírio que lhe arrebata até a última gota de suas forças.

Dia após dia, Mina observa como sua amada amiga se extingue vítima de uma doença desconhecida. Experimenta-se todo tipo de terapias e antídotos, mas o resultado é sempre desalentador.

Mina decide consultar o professor Van Helsing, cujo prestígio descansa à sombra de um par de livros sobre anatomia, cosmografia e magia, escritos durante sua juventude.

O professor escuta atentamente o minucioso relato da jovem. Depois, um espesso silêncio os separa até que ele deixa cair uma palavra: "Nosferatu".

"Os mortos-vivos...", murmura o professor Van Helsing abrindo seus pequenos olhos aquosos. "Existem relatos desde tempos remotos, em diversas épocas e culturas, só muda o nome: Strigoi, Moroi, Vukodlak, Wutrich, Wampyrs... Vampiros. Acredito que a epidemia que consome as jovens da cidade e que agora aponta para sua amiga é obra de um vampiro."

Dracula

"Os vampiros", continua dizendo o professor, "se alimentam de sangue, vivem na escuridão e detestam a luz do sol, que os aniquila. Têm agudos caninos e poderes singulares, como o de se fazerem obedecer por determinados animais inferiores ou de mudar de forma à vontade. Também temem o aroma de certos frutos e o símbolo da cruz... São imortais. Para matá-los é preciso atravessar seu coração com uma estaca de rosa-mosqueta ou de freixo."

"No *Antiquo more tenebrionum*", cita o professor Van Helsing, "um valioso manuscrito do século XIII guardado zelosamente em um monastério do sul da França, pude ler em certa ocasião o registro de fenômenos aberrantes e seres monstruosos que se alimentam só de sangue humano. São mortos-vivos... Querida Mina, creio que sua amiga está nas mãos de um vampiro."

Ao amanhecer, a desafortunada Lucy morre.

Na noite posterior ao enterro, três visitantes percorrem as úmidas vielas do cemitério. Aproximam-se da recente sepultura e comprovam sem surpresa que o caixão foi aberto. Está vazio.

"O que eu supunha", murmura Van Helsing, "agora Lucy é um vampiro faminto."

Nessa noite, Mina Murray recebe uma visita imprevista. O conde Drácula, entre ambiguidades e imprecisões, apresenta-se diante dela com o pretexto de trazer notícias de Jonathan. Depois de um longo silêncio, o conde começa uma frase, quase como uma reza:

"Foi há séculos, outro era teu nome e, no entanto, tua beleza era a mesma... Nós nos amávamos. Uma maldição me condenou a te perder. Desde então, vivo como uma nave errante no tempo."

"Muitos", diz Drácula com voz leve, "entendem a vida como uma linha reta que se origina em um ponto ao nascer e termina em outro ao morrer. Poucos a concebem como um círculo no qual se nasce e se morre eternamente. Neste instante, estás morrendo em algum ponto do círculo, enquanto em outro estás nascendo; em um, és uma menina que acaba de descobrir uma cor; em outro, uma anciã atormentada."

"Juraria que esse conde é um vampiro!", exclama o professor Van Helsing quando, no dia seguinte, Mina lhe relata seu encontro com o misterioso ser. "Não me estranharia que seu apaixonado conde tentasse visitá-la novamente. Que oportunidade para armar uma emboscada! A senhorita deverá distraí-lo até o amanhecer. O monstro não se atreverá a machucá-la, ele a ama desde sempre, é um amor de séculos."

Essas palavras ressoam como um sino na mente da jovem quando nessa noite recebe o sombrio visitante, que lentamente se apodera de sua vontade.

Do mesmo modo que as moscas ignoram a existência das aranhas antes de caírem prisioneiras em suas redes, a temerária Mina Murray desliza inconsciente por uma trama de perigosos acontecimentos. Advertida dos riscos aos quais se expõe, Mina confia na proximidade do professor Van Helsing, que aguarda oculto em outro quarto da casa.

Mediante o poder narcótico de suas palavras, o conde a envolve suavemente até deixá-la indefesa como um inseto nos prateados fios do aracnídeo.

Antes que a luz dissolva as trevas, o vampiro decide partir. Mas, ao fazê-lo, encontra a porta bloqueada pelo professor e seus ajudantes.

Mordidos pelo medo e mantendo sempre uma prudente distância, perseguem o vampiro pelos cômodos da casa; é um animal encurralado. De repente, salta desesperadamente por uma janela e eles o veem se afastar com o desajeitado voo do morcego em direção à abadia de Carfax.

Um tom sanguíneo no horizonte anuncia o amanhecer.

"Esta é sua guarida", afirma Van Helsing, agitado depois da perseguição. "É a abadia que o jovem Jonathan foi vender ao conde da Transilvânia. Aqui se esconde o vampiro."

A voz do professor ainda ressoa na sala quando, em um sombrio canto, como se de um móvel abandonado se tratasse, descobrem um caixão.

A primeira imagem que distinguem quando se debruçam no féretro é uma figura de cera com os olhos abertos. Morto enquanto o sol percorre o dia iluminando o mundo, o conde Drácula aguarda o regresso das sombras que o despertarão; então, como um animal noturno, buscará novas vítimas que alimentem com sangue sua imortalidade.

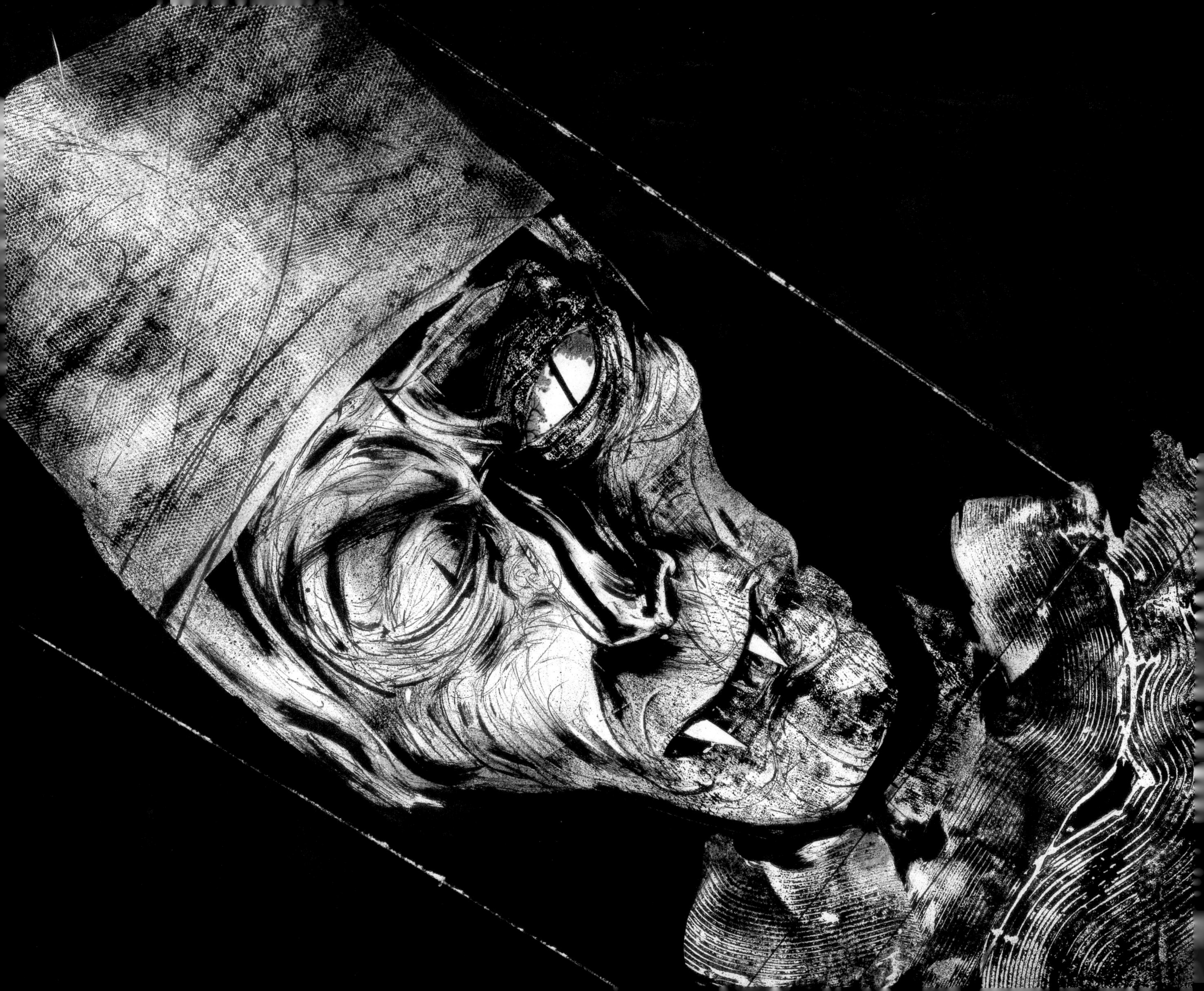

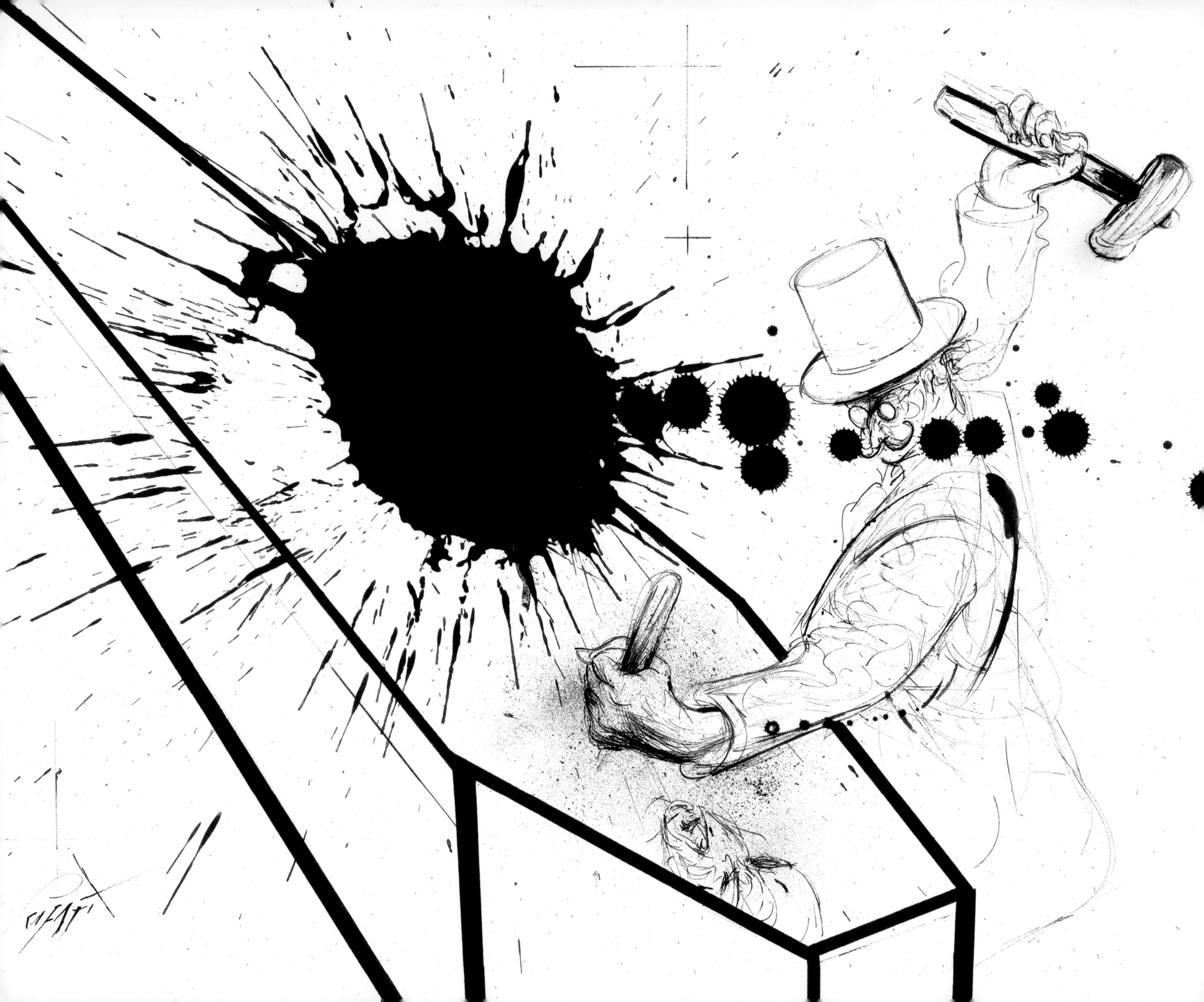

O professor se repõe de seu assombro, pega a estaca de madeira de rosa-mosqueta e dirige sua ponta cuidadosamente para o peito do morto. Depois levanta o pesado martelo e três golpes secos sepultam a estaca em seu coração. Toc, toc, toc.

Toc, toc, toc. Três golpes secos soam na velha porta do castelo e ficam flutuando na memória do jovem Jonathan Harker.

Lentamente, seguida de um lamento metálico, a porta se abre.

"Eu sou Drácula, conde da Transilvânia. Entre, aí fora faz frio", diz um homem de idade incerta cuja voz parece imergir de um túnel.

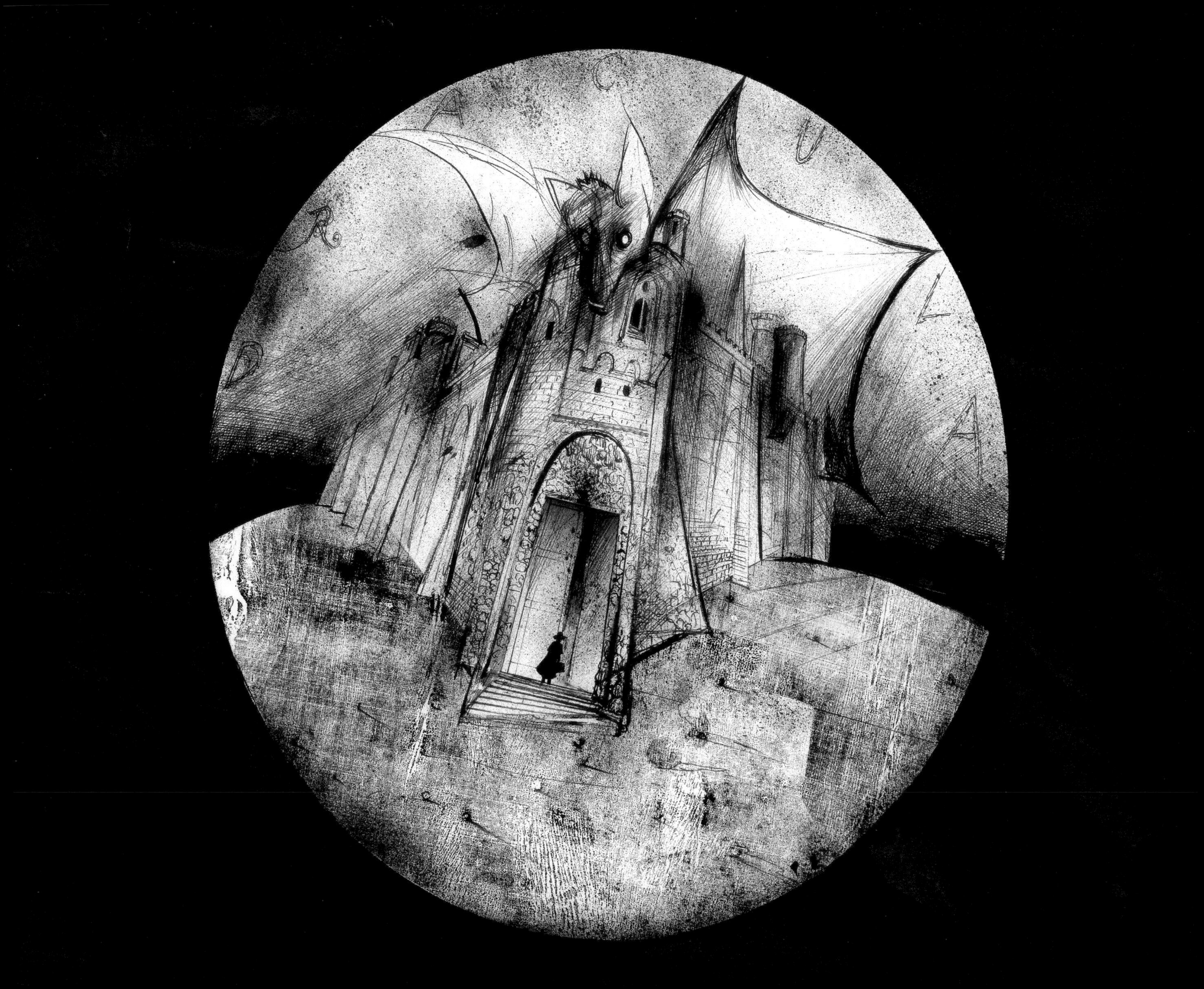
D R A C U L A

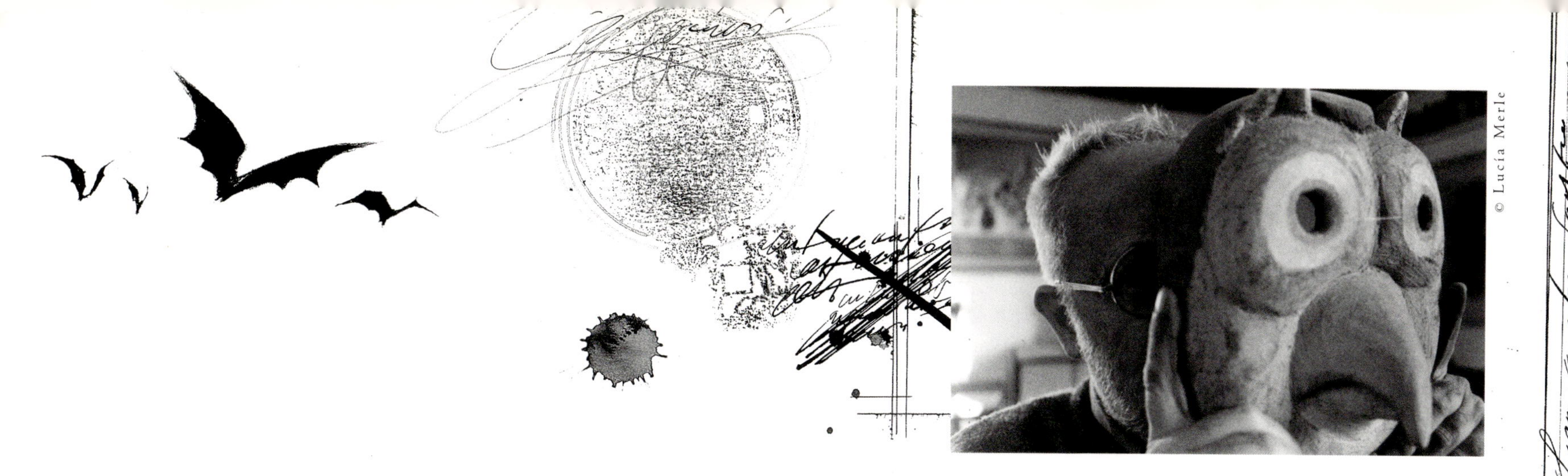

Luis Scafati

Mendoza, Argentina, 1947

Estudou artes na Universidade Nacional de Cuyo. Desde 1969, expôs regularmente suas pinturas, aquarelas e desenhos em museus e galerias de arte. Em 1995, realizou uma mostra de sua obra em Frankfurt, Alemanha, e em 2005 expôs suas ilustrações sobre Kafka em Barcelona. Publicou seus trabalhos no Brasil, Coreia, Espanha, França, Itália, México e Uruguai. Suas obras integram as coleções permanentes de importantes museus, entre eles, o Museu Sívori, o Museu Nacional de Belas--Artes e o Museu de Arte Contemporânea (Argentina); a House of Humour and Satire (Bulgária); a Collection of Cartoon (Suíça) e a Universidade de Essex (Inglaterra). Em 1981, obteve o Grande Prêmio de Honra no Salão Nacional de Desenho, a maior distinção que se pode outorgar a um desenhista na Argentina.

Este livro, composto na fonte Packard Antique, e paginado por
Vanessa Sayuri Sawada, foi impresso em couchê fosco 150g na
Prol Editora Gráfica. São Paulo, Brasil, no inverno de 2011.